Ce livre appartient à :

Nom :

Adresse :

Offert par :

le 201..

martine

se déguise

d'après les albums de Gilbert Delahaye et Marcel Marlier

Ce matin, Martine reçoit une lettre. Elle est invitée à un bal costumé.

Quelle bonne nouvelle !

Mais comment se déguiser?

Maman propose d'aller prendre conseil auprès de Mademoiselle Hortense, la couturière.

Super idée !

Mademoiselle Hortense est costumière pour les acteurs et les comédiens.

Robes, habits, et chapeaux
s'entassent dans sa boutique.
Martine supplie Maman d'y
aller tout de suite.

– Vous êtes à la bonne adresse, s'exclame la costumière à leur arrivée. J'ai de nombreux déguisements pour enfants. Venez les voir.

Maman aime bien le costume de jonquille. Mais Martine, elle, a repéré la belle jupe en satin d'un costume de tulipe.

– Comme elle est belle !
dit Martine en admirant
les perles qui la décorent.
J'hésite vraiment.
– Je vous prête les deux
costumes, dit Mademoiselle
Hortense. Vous n'aurez
qu'à décider tranquillement
chez vous.

– Que diriez-vous de partager une tasse de chocolat chaud avant de partir ? propose la couturière. Un ami comédien est justement là.

Martine est ravie, le vieux monsieur en habit de marquis la fait rire aux éclats.

De retour à la maison, Martine monte dans sa chambre pour essayer les deux costumes. Décidément, elle préfère vraiment la jupe de tulipe !

Martine caresse doucement le satin, tourne, retourne et virevolte à travers la chambre. Soudain, elle remarque une déchirure dans le bas de la robe. « Malheur ! Comment ai-je pu faire cela ? »

Martine s'en veut d'avoir
abîmé une si jolie robe.
Elle s'affole. **Vite, vite,**
il faut la raccommoder.
Elle va chercher sa boîte
à couture et s'applique à
recoudre la jupe.

Un peu plus tard, Maman vient aux nouvelles.

– Tu as choisi ?

Honteuse, Martine cache la boîte à couture.

– **Non,** j'ai changé d'avis. Ces costumes ne me plaisent plus. Je n'irai pas à la fête.

Maman est étonnée mais ne dit rien.

Martine va rapporter
les déguisements chez
Mademoiselle Hortense.
Elle aimerait pouvoir lui
expliquer, mais elle a trop
envie de pleurer pour parler.
Alors elle dépose le paquet,
et s'en va sans rien dire.

Martine est triste. Elle n'a pas envie de rentrer chez elle. Mais voilà Nicole en voiture avec son papa. Elle lui propose de la raccompagner à la maison. Martine n'ose pas refuser.

La voiture s'arrête devant la maison. Maman est dans le jardin.

– Mademoiselle Hortense a téléphoné, dit Maman.

Ça y est.

Le drame.

Martine n'ose plus bouger

Mais elle est étonnée de voir Maman lui sourire. Elle n'en croit pas ses oreilles :

– Tu lui as fait une gentille surprise, elle est très touchée de ton geste.

Quelle bonne idée d'avoir réparé la négligence de la petite fille qui avait abîmé la robe.

– C'était qui ? demande Martine.
– Je n'en sais rien. Tu n'as pas entendu Mademoiselle Hortense raconter l'histoire pendant que nous buvions le chocolat ?

Martine réalise
ce qu'il s'est passé.
Elle éclate de rire et raconte
toute la vérité à Maman.
– Je comprends mieux,
dit Maman. Je vais rappeler

Mademoiselle Hortense et
lui dire que nous prenons
le costume de tulipe,
finalement !

Maman court téléphoner.
Martine reste au jardin avec
Moustache et Patapouf.
Peut-être aura-t-elle même
le temps de leur coudre un
petit ensemble en satin
assorti à sa jupe ?

http://www.casterman.com
D'après les personnages créés par Gilbert Delahaye et Marcel Marlier / Léaucour Création.
Achevé d'imprimer en mai 2013 en Chine. Dépôt légal : août 2013 ; D. 2013/0053/169.
Déposé au ministère de la Justice, Paris (loi n° 49.956 du 16 juillet 1949
sur les publications destinées à la jeunesse).
ISBN 978-2-203-06624-3
L.10EJCN000367.N001